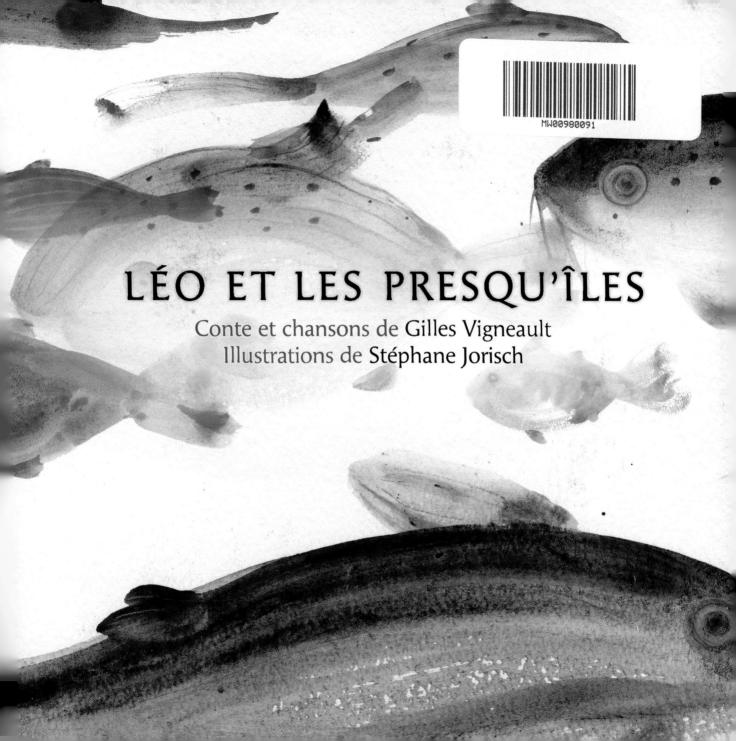

LÉO ET LES PRESQU'ÎLES

Conte et chansons de Gilles Vigneault
Illustrations de Stéphane Jorisch

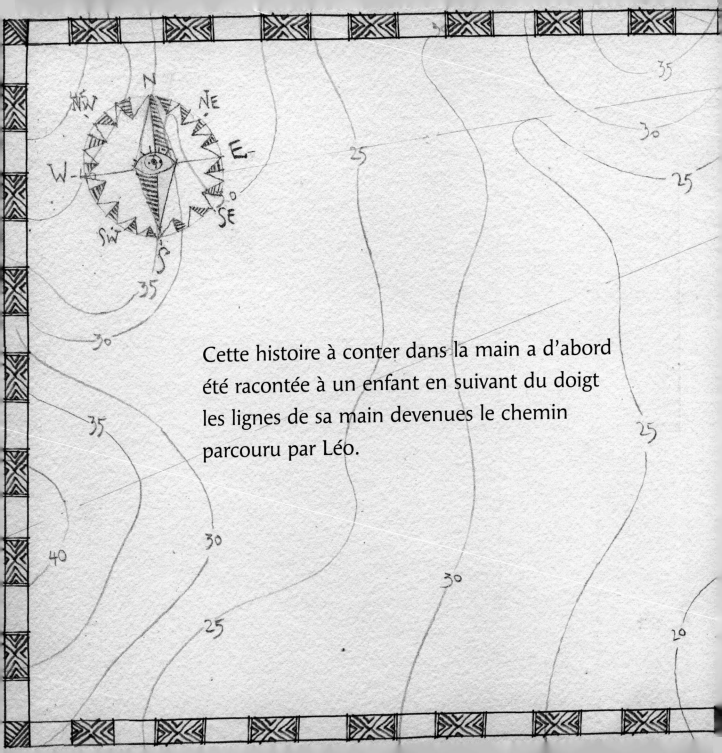

Cette histoire à conter dans la main a d'abord été racontée à un enfant en suivant du doigt les lignes de sa main devenues le chemin parcouru par Léo.

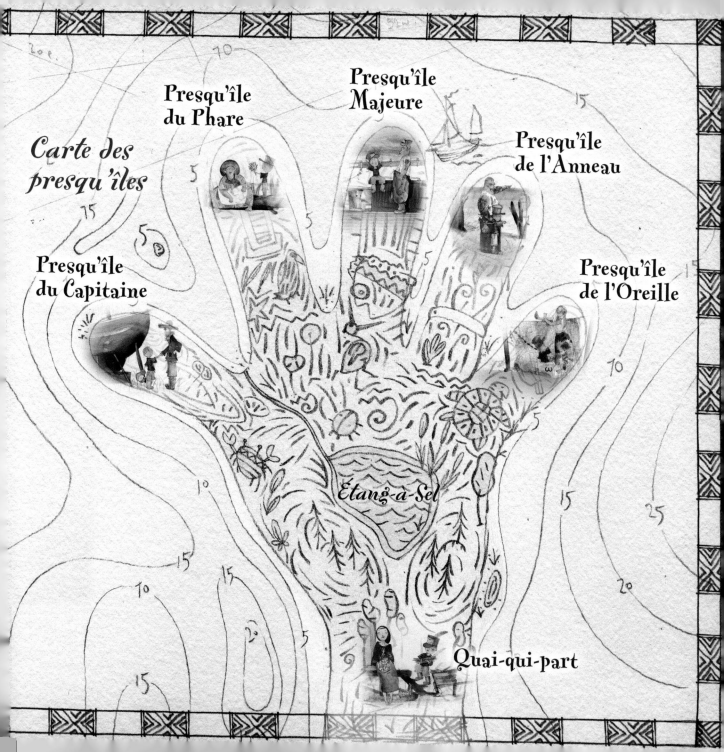

Carte des presqu'îles

Presqu'île du Phare

Presqu'île Majeure

Presqu'île de l'Anneau

Presqu'île du Capitaine

Presqu'île de l'Oreille

Étang-à-Sel

Quai-qui-part

Il était une fois un petit garçon qui s'appelait Léo et qui vivait dans une vieille maison située derrière deux collines entre lesquelles un chemin menait vers la mer. Sa maison avait nom le Quai-qui-part. Léo vivait seul avec sa mère parce que son père, qui avait toujours été pêcheur, s'était perdu en mer alors que le garçonnet avait trois ans. Il y avait de cela plusieurs années et Léo devenait doucement un petit homme aussi vaillant que débrouillard.

Un jour de printemps, il demanda à sa maman :

– *La mer, est-ce que c'est loin d'ici ?*

Sa maman, qui ne voulait pas lui mentir, mais qui ne voulait pas non plus que son petit garçon s'éloigne trop de la maison, lui répondit :

– *C'est à peu près à trois heures au pas d'un homme... C'est loin.*

Léo répondit d'un air décidé :

– *Ça ferait à peu près cinq heures à mon pas. Demain, je vais aller voir ça !*

Sa maman savait bien que cela viendrait un jour. Elle se dit que l'empêcher serait pire que tout. Il valait mieux lui montrer tout de suite le chemin des choses de la mer et les routes de la vie plutôt que de faire couver des jours et des jours l'envie de partir qui ne ferait que grandir avec le temps. Elle dit :

– *C'est bien, Léo ! Le temps est venu. Demain matin, très tôt, je t'emmènerai entre les deux collines et, de là, je te montrerai où rejoindre le chemin de la mer et le monde des cinq presqu'îles.*

Ce soir-là, le petit garçon prit un peu plus de temps à s'endormir
et rêva qu'il était loin sur la mer, à la pêche, et qu'il prenait un poisson
si gros qu'il en avait peur et devait lui abandonner sa ligne.
Et mille autres aventures qui l'attendaient.

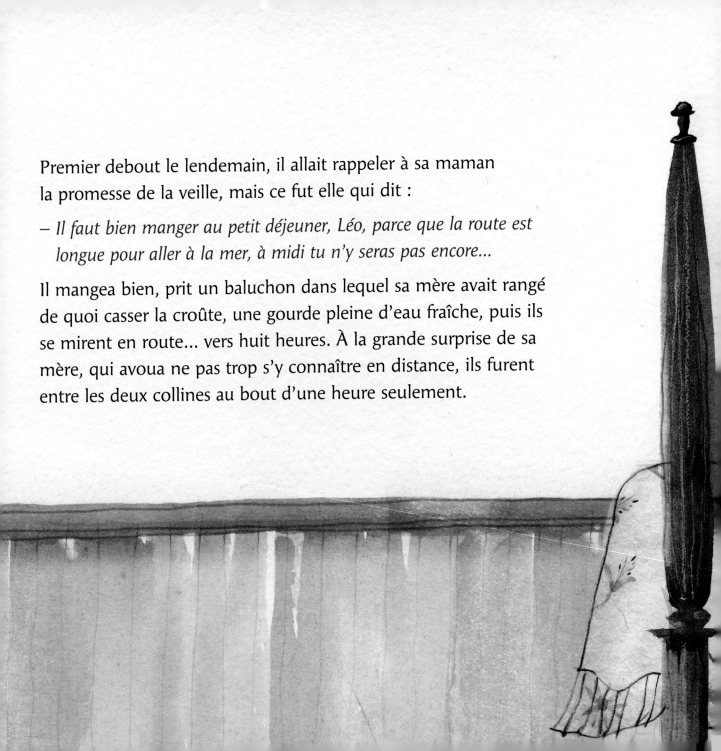

Premier debout le lendemain, il allait rappeler à sa maman
la promesse de la veille, mais ce fut elle qui dit :

— *Il faut bien manger au petit déjeuner, Léo, parce que la route est
longue pour aller à la mer, à midi tu n'y seras pas encore...*

Il mangea bien, prit un baluchon dans lequel sa mère avait rangé
de quoi casser la croûte, une gourde pleine d'eau fraîche, puis ils
se mirent en route... vers huit heures. À la grande surprise de sa
mère, qui avoua ne pas trop s'y connaître en distance, ils furent
entre les deux collines au bout d'une heure seulement.

Alors la maman dit :

– *Tu vas descendre vers ce grand lac que tu vois en bas et que ton père a toujours appelé : l'Étang-à-Sel. Arrivé au bord, tu prends à gauche un petit chemin que tu trouveras en traversant un ruisseau qui coule comme ça. Puis tu montes comme si tu revenais ici mais tout droit sur la colline de gauche... Après, tu suis le chemin qui te mènera chez le capitaine. C'est un bon vieux qui a aidé ton père autrefois et il va t'aider à ton tour. Si jamais tu ne sais que répondre aux questions qu'on te pose, tu peux toujours dire : « Ma mère disait : À donner ce que l'on a, on ne perd rien de ce qu'on n'a pas encore... »*

Puis elle embrassa son enfant :

– *Reviens vite me dire comment les choses se font !*

Et il partit. Elle le regarda un moment et, quand
il eut dépassé un certain caillou, fit un grand
signe de la main et s'en revint au Quai-qui-part,
en priant pour que le ciel protège son enfant.
Elle était pleine d'inquiétude mais très fière aussi
d'avoir un garçon si vaillant et si audacieux.

Léo descendit donc jusqu'au lac et tourna à sa gauche, puis, sautant le ruisselet et remarquant qu'il était plein de tout petits poissons couleur d'argent, il se dit :

– *Voilà sûrement une eau où je ne pêcherai pas.*
Ce ne serait pas très nourrissant...

Il but un peu d'eau à sa gourde et se remit en marche pour monter la colline qui lui faisait face.

Un quart d'heure après, il était au sommet et s'engageait dans un sentier assez étroit mais très évident qui le mena en une heure à peine devant une vieille cabane de bois rond qui avait l'air cependant très solide, comme si on l'eût fait pousser là, avec, à sa porte, un grand vieux curieusement vêtu qui l'apostropha :

– *Ah... c'est le petit Léo. Je ne t'attendais pas avant tes quinze ans, toi...*
mais je suis content de te voir. Ton père était un bon pêcheur.
Oh ! T'en seras un ! Alors, Léo, t'es venu te faire bâtir un bateau
chez le vieux Abel ?

Pris dans les mots de son destin, Léo répondit aussi sec :

– *C'est ça. Mais un peu plus grand et un peu plus fort que celui que vous aviez fait pour mon père. Seulement, pour vous payer... c'est que... maman n'a pas d'argent et moi... je suis vaillant, mais en dehors de mon baluchon... j'ai rien.*

– *Je vais te construire ton bateau ! Avec tout ce que ton père a fait pour nous, ça ne sera pas de trop.*

– *Qu'est-ce qu'il a fait pour vous ?*

– Ah, ta mère ne t'a pas dit? Il nous a sauvé la vie à tous. On était sur le point
de sombrer près de la pointe chez Déodat. Mais tu demanderas à ta mère de
te conter tout ça. Moi, j'ai pas le tour de conter. T'es vaillant, tu dis?
On verra ça. Moi, de toute façon, tout ce que je te demanderai, ça sera de me
donner le plus gros poisson que t'auras pris à chaque saison que tu pêcheras...
Ça te va, mon Léo?

– Sûr que ça me va! C'est pas cher.

– Bon, bien, si c'est comme ça, rentre-moi un peu de bois pour le souper, tu vas coucher ici et, demain, tu te rendras chez la vieille Benoîte dans la presqu'île du Phare, c'est elle qui fait les filets puis les voiles. Elle est souvent malcommode, mais je te dirai comment l'amadouer. Allons rentre! Ici tu es chez moi, dans la presqu'île du Capitaine.

Ils mangèrent un repas de morue rôtie et, après le thé, le vieux se mit à chanter. Mais Léo était déjà endormi. Il avait eu une grosse journée.

Le lendemain après déjeuner, il partit vers la presqu'île du Phare, avec la recommandation de ramasser quelques brins de thym sauvage qu'il ferait bon offrir à la vieille en arrivant. Il sauta le ruisseau vers midi, trouva le thym sauvage, en cueillit plus que suggéré et, après avoir mangé un bout de pain noir que le vieux capitaine lui avait mis dans son baluchon et bu un peu d'eau au ruisseau, il reprit courageusement son voyage.

Le chemin était plus étroit, et Léo pouvait voir à travers les arbres rares l'eau qui le séparait de la presqu'île suivante. Il arriva en vue de la vieille hutte vers les trois heures.

Tout avait l'air désert et abandonné. Mais en s'approchant de la hutte couverte de paille... il remarqua un oiseau qu'il crut être un grand corbeau perché sur un piquet. Il en eut presque peur... L'oiseau aussi peut-être, puisqu'il s'envola en trouant l'air d'un cri étrange que Léo ne connaissait pas.

Et la vieille apparut, vêtue d'un accoutrement d'un jaune sale constitué, en fait, de plusieurs sacs de pommes de terre, du jute usé de travail et de mauvais temps.

– *Bonjour, madame Benoîte.*

– *Qu'est-ce qu'il veut celui-là ? De la voile puis du filet...*
  C'est encore ce vieux grigou d'Abel qui me l'envoie... Ton nom ?

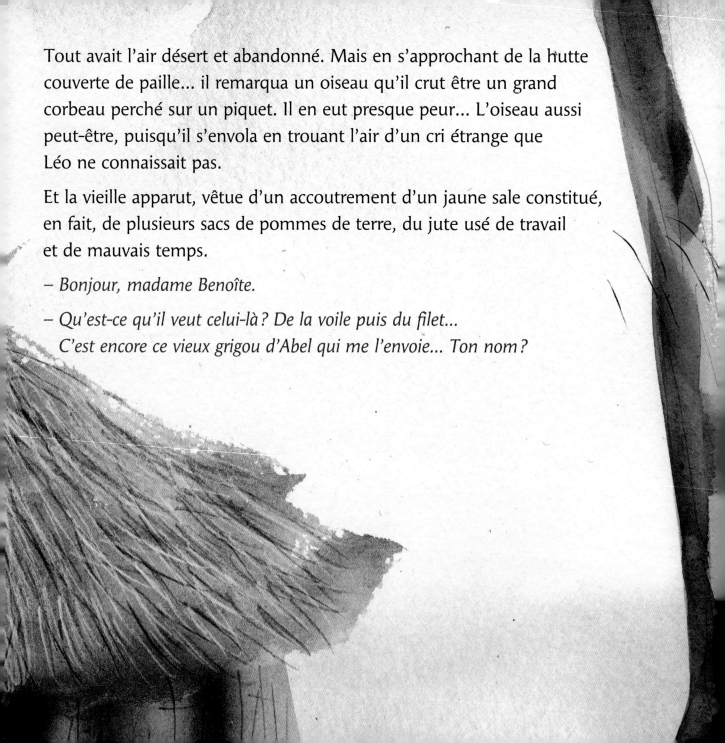

Léo décida de ne pas se laisser impressionner par la vieille et répliqua :

– *Vous avez bien deviné. Et c'est lui aussi qui m'a dit que je vous ferais plaisir*
en vous apportant ça...

Et il lui tendit son gros bouquet de thym sauvage...
La vieille eut une sorte de demi-sourire et changea de ton...

– *Au moins t'es poli... Ton nom toujours ?*

– *Je m'appelle Léo. Et monsieur Abel me fait un bateau.*
Il m'a dit qu'il allait le commencer aujourd'hui.

– *Bon. C'est bien. Tu peux entrer. Un filet, j'en ai un de fini.*
Mais il faut que tu me dises bien la longueur de ton bateau pour la voile...

La vieille paraissait apprivoisée. Mais elle se déplaçait avec difficulté. Il s'offrit
donc à aller lui chercher un seau d'eau puis à rentrer un peu de bois...

Vers l'heure du souper, ils mangèrent du poisson
fumé : c'était de l'aiglefin, et c'était fort bon.
Puis, invité à dormir sur une paillasse, il accepta
après qu'ils se furent entendus sur le prix de
la voile et du filet.

– *Chaque fois que tu auras pris neuf*
poissons, le dixième sera pour la vieille Benoîte.
Qu'il soit petit ou qu'il soit gros, peu m'importe.
Moi, ce que je veux, c'est le dixième.
T'as compris ?

– *J'ai compris et je suis bien content.*
Vous êtes bien bonne pour moi...

– *Ah... il est poli... celui-là...*
il est poli au moins.

Le lendemain, après avoir été lui quérir de l'eau et avoir rentré deux brassées de bois, Léo quitta la vieille et, sur ses recommandations, entreprit de faire le tour de l'anse pour se rendre au bout de la presqu'île Majeure, qu'elle avait dit, et y rencontrer un drôle de personnage qui s'appelait Colin.

Ce fut l'étape la plus longue de son voyage. Il fut rendu au fond de l'anse vers les deux heures de l'après-midi et si fatigué du chemin qu'il décida de s'y arrêter un moment. Puis, après une bouchée d'aiglefin fumé et une gorgée d'eau de sa gourde, Léo s'endormit au pied d'un gros caillou. Il fut réveillé au bout d'une heure par un bruit d'eau et de chicane. Un grand héron bleu venait d'attraper un brochet de mer presque aussi long que son cou et luttait furieusement pour le tuer. Léo observa la bataille avec ravissement. Le grand oiseau la gagna bien sûr et Léo ne put se retenir de crier :

– *Il l'a eu... il l'a eu...*

Aussitôt le héron s'envola et, en passant au-dessus de Léo, lui fit peur. Ce dernier n'aurait jamais pensé que les ailes de l'oiseau fussent si grandes.

Il se remit en route en se disant que ça lui ferait quelque chose à raconter à Colin qui, selon la vieille, avait encore plus mauvais caractère qu'elle-même.

Il arriva au bout de la presqu'île Majeure comme le soleil se couchait et fut surpris de n'y trouver ni cabane ni habitation. Mais, comme le sentier menait jusqu'au bord de l'eau, il le suivit et se trouva bientôt face à un grand bateau à deux mâts, un de misaine et un de hune... d'où quelqu'un lui cria :

– *Si tu sais ramer, tu peux embarquer... le souper est prêt...*
  Prends le canot qu'est là.

Léo décida qu'il était temps d'apprendre à ramer et s'y exerça d'abord sans détacher le canot. Puis, quand il eut saisi la manière, s'éloigna courageusement de terre. Après quelques virées maladroites, il réussit à se rendre au bateau sous les moqueries mêlées de conseils du capitaine qui finit par lui dire, en le faisant monter à bord :

– *Tu vas apprendre vite, toi, t'es un petit débrouillard !*

– *Êtes-vous monsieur Colin ? Quelqu'un m'a dit en chemin*
  que vous aviez un mauvais caractère... Excusez-moi de vous dire ça
  mais, moi, je vous trouve bien accueillant...

– *Ah... Ça, c'est ma mère, la vieille Benoîte. Elle a si mauvais caractère qu'elle*
  s'imagine que le reste du monde est comme elle. C'est une bonne personne
  au fond. Lui as-tu donné un petit coup de main ?

– Ah... c'est votre mère ? Bien, elle a été très aimable pour moi, puis elle va me faire ma voile. Je l'ai aidée un peu. Oui. Oui. Puis il me reste encore de l'aiglefin fumé qu'elle m'a donné... En voulez-vous ?

– Oh ! Oui, il y a longtemps que je n'ai eu de son aiglefin... mère Benoîte, pour fumer le poisson... Le capitaine Abel, lui, comment il se porte ?

– Oh... bien ! Il me fait un bateau, plus grand que celui de mon père... Est-ce qu'il est parent avec vous ?

– C'est mon père. On s'entend bien, mais mieux de loin. On se salue des fois, au large... en pêchant le flétan, là où les fonds se creusent. Puis toi, tu veux un mât puis des rames ? Ah oui ! Pour les rames, j'en ai deux de faites, mais pour le mât, c'est un peu plus long, mon garçon. B'en... la mesure ! Puis le trouver ! Trois, quatre jours. T'as rencontré personne, sur ton chemin ?

– Oh... J'ai vu un grand héron qui a réussi à tuer un poisson presque aussi long que lui...!

– Ouais... le grand salaud, il m'a vidé mon filet l'autre jour, j'avais pris de la truite de mer... j'ai pas eu l'honneur d'y goûter. Pour vivre de la pêche, faut en surveiller des choses!

Et ils causèrent ainsi, tard dans la soirée. Léo apprit encore pour le lendemain qu'il devait se rendre dans la presqu'île de l'Anneau. Et que, pour se faire fabriquer une ancre et une chaîne, il lui faudrait arriver là en chantant une chanson de marin et que, pour obtenir un mot du vieux géant forgeron, il faudrait l'appeler « mon oncle Déodat » en arrivant et prendre le grand soufflet pour attiser le feu qui ne doit jamais s'éteindre... toute une cérémonie!...

– Mais pour mon mât et mes rames... ce sera combien, monsieur Colin?

– Ce sera les dix premiers poissons plats que tu prendras dans ta saison : du flétan, de la plie, de la limande, du turbot. Mais plats! C'est d'accord?

– Ah! D'accord.

Et Léo partit pour la presqu'île de l'Anneau. Colin l'accompagna jusqu'au fond de l'anse, où il avait son filet. Puis, l'anse contournée, Léo commença à se chercher quelque chose à chanter... Il finit par se souvenir du refrain que le vieux capitaine avait chanté :

Le plus petit bateau
Demande un capitaine.
Le plus grand capitaine
A besoin d'un bateau.
Maille à terre ! Maille à l'eau !
C'est la vie du matelot.
Maille à terre ! Maille à l'eau !
C'est la vie du matelot.

Il se dit qu'il ne savait là qu'un refrain mais qu'il le reprendrait sur un autre ton. Il vit d'abord le feu. De loin, il avait déjà entendu le marteau sur l'enclume... Mais il se demanda comment l'oncle Déodat pouvait vivre dans un pareil trou. Tout était noir comme le derrière du chaudron et ça sentait le charbon et la suie, le fer brûlé, trempé, l'eau qui grésillait.
Un véritable enfer.

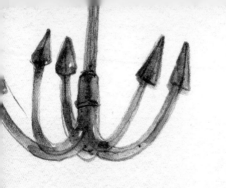
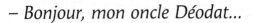

– *Bonjour, mon oncle Déodat...*

– *Qu'est-ce que tu chantes ?*

– *Je disais : « Bonjour, mon oncle Déodat... »*

– *Ouais ! Je t'ai entendu... Bonjour, mon garçon.*
 À c't'heure, chante ta chanson... !

Léo commença : *Le plus petit bateau...*

Le géant s'arrêta net pour écouter... et, de surprise, Léo s'arrêta de chanter.

– *Continue, continue...*

Et l'oncle Déodat se mettait à chanter avec Léo d'une voix aussi énorme qu'il était grand et noir de suie jusqu'aux yeux. Il reprit par trois fois le refrain, qui semblait avoir toujours flotté sur les mémoires sans que personne n'en sût le moindre couplet.

Léo trouvait que l'oncle Déodat était bien moins effrayant qu'on le disait et s'aperçut bientôt que toutes ces cérémonies étaient, en fait, une suite de farces que le bonhomme faisait pour se distraire. Quand on en vint au prix à payer pour l'ancre et la chaîne, le vieux géant lui dit :

– *Si je te demande de me donner le plus petit poisson*
  que t'auras pris dans ta semaine... vas-tu trouver ça cher?

Léo ne savait trop que penser et se souvint soudain de
ce que sa mère lui avait dit et répondit :

– *À donner de ce qu'on a, on ne perd rien de ce qu'on*
  n'a pas encore... Ça, c'est sûr!

L'oncle Déodat éclata de rire :

– *T'es adroit, toi. Cré Léo. T'es futé comme une anguille! C'est sûr,*
  c'est toi qui vas avoir la fille... C'est toi! Il n'y a rien de plus certain.

– *Quelle fille?*

– *Tu verras. En attendant, on va aller dormir.*

Mais l'oncle Déodat, lui, ne se couchait pas. Il réattisait son
feu et Léo s'endormit aux échos du marteau sur l'enclume.

Il se réveilla avec le soleil et la voix tonitruante du
bonhomme qui chantait : *Le plus petit bateau...* en tapant
du marteau, à croire qu'il avait passé la nuit à forger.

– *Viens voir ton ancre, Léo...*

Léo eut la belle surprise de voir une ancre noire suspendue
à une poutre de la forge par sa chaîne...

– *Je vous promets le plus petit poisson que vous aurez jamais vu,
mon oncle.*

– *Cette ancre-là est un peu pesante pour toi, là. Mais elle sera
sur ton bateau avec sa chaîne quand le bateau sera prêt.
Avec ça, il ne te manque plus que le filet.*

– *Ah ! pour le filet, la vieille Benoîte m'a dit qu'elle allait me le faire...*

– *Bon. C'est une autre de ses menteries, ça. Vieille folle ! Mais elle
s'imagine qu'elle fait encore du filet. Bon. Seulement, elle ne voit plus
très bien, la vieille, et ça donne un filet avec de grands trous de mailles
qui manquent. Pour les voiles, elle est parfaite. Mais avec le filet
qu'elle maille, on pourrait manquer des marsouins. On accepte, pour
pas lui faire trop de peine, mais on pêche avec les filets de la Sirène.*

– *La Sirène ? Qui c'est donc, ça ?*

– *Irène, c'est la fille de la vieille Benoîte qui reste là en face,*
sur la pointe de l'Oreille. Une presqu'île comme ici mais
plus petite. Tu y seras dans une heure. Puis toi, comme
t'as pas la langue dans ta poche, ça te coûtera pas cher...
Salut, mon petit Léo, puis bonne chance !...

Le plus petit bateau...

Léo se mit en chemin pour ce qui semblait la dernière étape
de son périple. Il contourna la petite anse et il y vit une tortue
qui se chauffait au soleil. Il ralentit alors son pas...
en se disant que, décidément, il avait hâte de rencontrer
cette Irène, qu'on avait, pour des raisons à lui obscures
encore, surnommée la Sirène.

Quand il arriva au bout de la presqu'île derrière laquelle c'était la mer à l'infini jusqu'aux nuages bas sur l'horizon, la belle Irène était en train de faire du filet, dehors. Elle maillait le fil vert avec doigté, une gestuelle du bras qui ressemblait à de la danse. Ses cheveux blancs très longs flottaient au vent de quatre heures. La corde à flotteurs était tendue entre deux grands piquets sur l'un desquels était posé un gros oiseau qui regardait le visiteur avec un air de juge.

– *Bonjour, Léo! Le vent m'a dit que tu viendrais aujourd'hui. Et je me suis mise tout de suite à l'ouvrage. Tu auras ton filet demain soir. Mais je vais te demander de commencer à me le payer tout de suite...*

– Mais... c'est que je n'ai pas d'argent, mademoiselle Sirène...
Est-ce que je peux vous rendre service ?

– Mais la parole est d'argent... Léo. Pour me remercier et... m'encourager à poursuivre
le travail... tu vas me raconter comment s'est déroulé ton voyage jusqu'ici. Et quand
j'aurai fini, une fois par semaine, le dimanche, tu viendras me raconter ta semaine de
pêche. Bon. Tu peux commencer.

Et Léo raconta, en trouvant que ce n'était vraiment pas cher pour un outil aussi
précieux qu'un filet... il racontait... le vieil Abel, dans la presqu'île du Capitaine, la
vieille Benoîte, mais sans mentionner le filet qu'elle lui avait promis, puis Colin, leur
fils, qui vivait sur le bateau ancré au bout de la presqu'île Majeure. Il la fit rire en lui
narrant la forge et surtout le souper chez l'oncle Déodat, qui, couvert de suie, avait
insisté pour que Léo aille se laver les mains pour souper... Pendant qu'il parlait, il
remarqua que l'oiseau l'écoutait comme s'il comprenait tout...

Elle s'en aperçut et lui dit :

– Martin t'écoute, oui ! Oui ! Tout comme moi... Il comprend tout. Il y a cinq ans qu'il
est avec moi. C'est moi qui l'ai élevé et tu serais surpris de savoir tout ce qu'il sait faire.
Tiens... regarde !

Elle s'arrêta un moment de mailler et s'adressa à l'oiseau :

– Martin, va donc nous pêcher un peu de poisson pour souper... !

Le martin-pêcheur s'envola aussitôt. La Sirène se remit à mailler de ses gestes clairs dans le soleil. Et Léo se mit à parler de sa mère, et du Quai-qui-part d'où il venait... L'oiseau revint avec, dans son bec, un poisson presque aussi gros que lui-même. Et avant que Léo eût le temps de s'en étonner, il posait le poisson près de sa maîtresse et repartait.

Au bout de trois poissons, elle l'arrêta :

– *Tu peux te reposer maintenant, Martin, merci, tu es un bon pêcheur !*

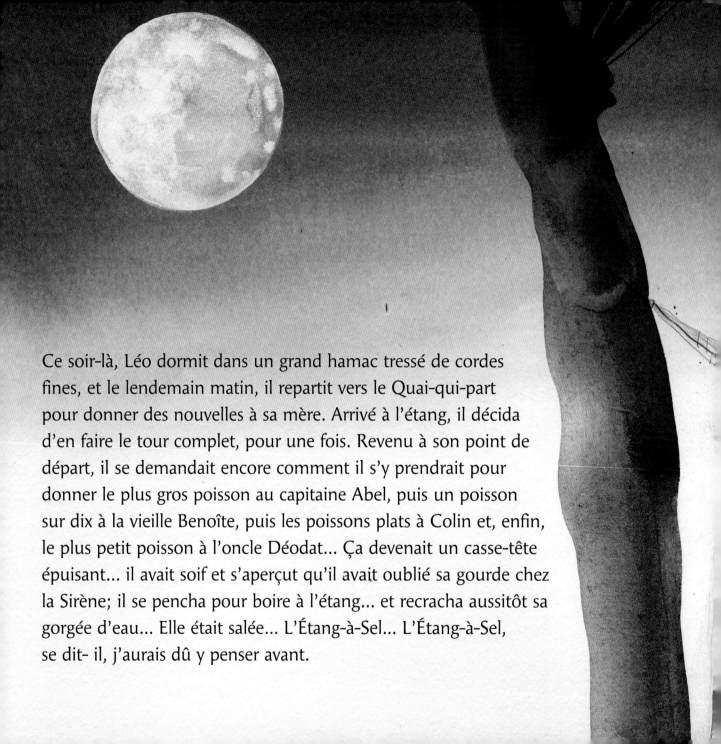

Ce soir-là, Léo dormit dans un grand hamac tressé de cordes fines, et le lendemain matin, il repartit vers le Quai-qui-part pour donner des nouvelles à sa mère. Arrivé à l'étang, il décida d'en faire le tour complet, pour une fois. Revenu à son point de départ, il se demandait encore comment il s'y prendrait pour donner le plus gros poisson au capitaine Abel, puis un poisson sur dix à la vieille Benoîte, puis les poissons plats à Colin et, enfin, le plus petit poisson à l'oncle Déodat... Ça devenait un casse-tête épuisant... il avait soif et s'aperçut qu'il avait oublié sa gourde chez la Sirène; il se pencha pour boire à l'étang... et recracha aussitôt sa gorgée d'eau... Elle était salée... L'Étang-à-Sel... L'Étang-à-Sel, se dit- il, j'aurais dû y penser avant.

C'est ma solution : chaque fois que je vais revenir de la pêche,
je vais mettre dans l'étang le plus gros, le plus petit, le dixième
et le poisson plat que j'aurai pris. Et je pourrai dire à tout le monde :
« Le poisson est là, rien qu'à vous servir. » Avec une épuisette,
chacun aura son dû...

Et Léo se mit à danser sur la route qui le ramenait vers sa maman.

Il chantait en montant le chemin entre les deux collines :

Le plus petit bateau demande un capitaine...

Réalisation Paul Campagne avec la participation de Jessica Vigneault
Direction artistique Roland Stringer Prise de son Paul Campagne au Studio King
et Davy Gallant à Dogger Pond Music (sauf la voix de Diane Dufresne au Studio Planète/
Gypsie par Toby Gendron) Mixage et mastering Davy Gallant à Dogger Pond Music
Illustrations Stéphane Jorisch Conception graphique Stéphan Lorti pour Haus Design
Révision des textes Diane Martin et Les Services d'édition Guy Connolly

Musiciens Paul Campagne guitare acoustique, basse électrique, mandoline
Davy Gallant batterie, percussions, flûtes, mandoline, banjo, accordéon
Jessica Vigneault piano Steve Normandin accordéon Aleksi Campagne violon
Stéphanie Labbé violon (*Au loin sur la mer*) Mia, Luka et Toby Gallant voix d'enfants

Fred Pellerin apparaît avec l'aimable autorisation de Les Disques Tempête
et de Productions Micheline Sarrazin
Diane Dufresne apparaît avec l'aimable autorisation de Les Disques Présence
Robert Charlebois apparaît avec l'aimable autorisation de Les Disques La Tribu
et La Compagnie Larivée Cabot Champagne
Pascale Bussières apparaît avec l'aimable autorisation de L'agence MVA
Pierre Flynn apparaît avec l'aimable autorisation de Les Disques Audiogramme Inc.

Remerciements Pierre Hébert, Francyne Furtado, Alison Foy-Vigneault,
Florence Bélanger, Claude Larivée, Luce Champagne, Maxime Vanasse,
Stéphanie Di Gregorio, Mathilde Bourque, Richard Langevin, Alain Sauvageau,
Louis Legault, Patricia Huot, Melina Shoenborn, Micheline Sarrazin,
Lise Aubut et Louise Collette

Nous reconnaissons l'appui financier du gouvernement du Canada par l'entremise
du ministère du Patrimoine canadien (Fonds de la musique du Canada).

℗ © 2010 Folle Avoine Productions © 2010 Les Éditions Le Vent qui Vire
ISBN 2-923163-68-0 / 978-2-923163- 68-0 ⓦ www.lamontagnesecrete.com
Dépôt légal octobre 2010. Bibliothèque et archives nationales du Québec, Bibliothèque et Archives Canada.